U0015899

歧路行

北島

給天汲、天河

目 錄

序曲

為什麼此刻到遠古

歷史逆向而行

為什麼萬物循環

背離時間進程

為什麼古老口信

由石碑傳誦

為什麼帝國衰亡

如大夢初醒

為什麼血流成河

先於紙上談兵

為什麼畫地為牢

以自由之名

難道天外有天

話中有話

電有短路的愛情

難道青春上路

一張張日曆留下

歧路行

倒退的足印
難道夜的馬群
奔向八方
到天邊暢飲黎明
難道江山變色
紙上長城
也是詩意的蒼龍

誰在聖人的行列中
默默閱讀我們
誰從鎏金的風鈴
從帶血的鞭梢
不斷呼喚我們
誰用謊言的紅罌粟
照亮蒼茫大地
誰把門窗的對話
賣給穿堂風
誰指揮秋天的樂隊
為小橋迎娶
一盞幽怨的漁燈

哪兒是家園

安放死者的搖籃

哪兒是彼岸

讓詩跨向終點

哪兒是和平

讓日子分配藍天

哪兒是歷史

為說書人備案

哪兒是革命

用風暴彈奏地平線

哪兒是真理

在詞語尋找火山

何時乘東風而來

從沏好的新茶

品味春天的憂傷

何時一聲口哨

為午夜開鎖

滿天星星在咳嗽

何時放飛一隻鴿子

把最大的廣場

縮小成無字印章

何時從關閉的宮門

從歲月裂縫

湧進洪水的光芒

第 一 章

逝去的是大海返回的是泡沫

逝去的是一江春水返回的是空空河床

逝去的是晴空返回的是響箭

逝去的是種子返回的是流水賬

逝去的是樹返回的是柴

逝去的是大火返回的是冰霜

逝去的是古老傳說返回的是謠言

逝去的是飛鳥返回的是詩行

逝去的是星星盛宴返回的是夜的暴政

逝去的是百姓返回的是帝王

逝去的是夢返回的是歌

逝去的是歌返回的是路

逝去的是路返回的是異鄉

逝去的逝去的是無窮的追問

返回的沒有聲響

我是來自彼岸的老漁夫

把風暴的故事收進沉默的網

我是鍛造無形慾望的鐵匠
讓鋼鐵在淬火之痛中更堅強
我是流水線上車衣的女工
用細密的針腳追尋雲中的家鄉
我是煤礦罷工的組織者
釋放黑色詞語中瓦斯的音量
我是看守自己一生的獄卒
讓鑰匙的奔馬穿過鎖孔之光
我是年老眼瞎的圖書館員
傾聽書頁上清風與塵土的冥想
我是住在內心牢籠的君王
當綢緞從織布機還原成晚霞
目送落日在銅鏡中流放

是晨鐘敲響的時候了
是深淵中靈魂浮現的時候了
是季節眨眼的時候了
是花開花落吐出果核的時候了
是蜘蛛網重構邏輯的時候了
是槍殺古老記憶的時候了
是劊子手思念空床的時候了
是星光連接生者與死者的時候了

是女人在廣告上微笑的時候了

是銀行的猛虎出籠的時候了

是石頭雕像走動的時候了

是汽笛尖叫翻轉天空的時候了

是時代匿名的時候了

是詩歌洩露天機的時候了

是時候了

第二章

歧路行

第二章

狂歡是奴隸與百姓的特權

他們用腳投票　用頭髮興風作浪

歌聲煮沸廣場上的五顆星星

夜與晝在雲中互相追逐

學生罷課　時針停在午夜時分

垂直的權力上流星飛翔

手風琴展開歲月深深的褶皺

歌手的聲浪滾動石頭也滾動太陽

恐懼與勇敢是同一種子

讓我們的胃隱隱疼痛

瞬息是飛鳥轉向的含義

飛鳥是瞬息持續的形象

兵臨城下必是險招

高山流水盡在手掌中

天空在烏托邦玻璃傾斜

死神握緊年輕的心

半夜　聽迷霧中的狗叫
死亡的虛線如何抵達終點
紫禁城與交通信號燈
更換的季節卻不可阻擋
打開歷史課本或報紙
埋伏於虎豹豺狼
在漢字的陷阱突圍
地下格柵外也是監獄

革命需要更大的空間
而同一悲劇不可能重演
橫幅標語　蝨子　空塑料瓶
吉他手　傳單　時針血光
帳篷被大地捆綁的雁群
絕食揮霍最後的口糧
談判與農貿市場　討價還價
剎車失靈而猛踩油門

救護車流動中響徹全城
林蔭道的樹木肅立而飢渴
廣場在深夜攝取溫暖
月光浮動　失眠的人游泳

歧
路
行

暴風雨捲走夢的細節
絮語與戒嚴警報激蕩夜空
婚禮在紀念碑旁舉行
藍色探照燈光迎娶新娘

剛刷好的油漆正在褪色
和鏡中的你難以辨認
歷史吃野草　石頭被移動
北斗七星沒指向出口
利爪夠不到自己的後背
佚名的日記本散落
敘事中更換不同的角色
直到開放的結尾──

所有長夜是詛咒中的期待
所有革命是被背叛的理想
在少女臉上留下淚痕
歷史以外的秘密小徑
引領我們　狂歡學會悲傷
悲傷中學會默默歌唱
在走出廣場的途中回頭
潮水拍擊夜成為巨浪

第 三 章

細節並沒有例外

從河柳抽條到蟬鳴
收起朝代的長卷
路人與來客擦肩掠過
數數城樓的烏鴉
噪音讓人心煩

我的童年我的城市
所有燈火在眨眼

綠色信號彈升起
坦克碾壓唯心歷史觀
地下貝斯斷斷續續
刀鋒划過玻璃
樹根炸裂　花朵呻吟

口令變成一排士兵

歧
路
行

槍是惟一的真理

彈孔裝飾紀念碑
加入自一八四〇年以來
——現代史的浮雕
廣場沒打死人 [1]
石獅是聾啞證人

從西柏林 [2] 到北京
佔線　斷斷續續

這是童謠的北京
不設防的古城
惟有反抗的命運——
讓心握成拳頭
向失敗者們致敬

精靈在電話線呼嘯
是誰　串音或干擾

所有鐘錶停住了
所有煙囪屏住呼吸

所有鏡子轉身

所有騾子蒙上眼

所有水龍頭卡住喉嚨

CNN 的突發新聞

正用圖片掃描 [3]——

城市上空　火光與煙

裝甲車　鋼盔　槍口

血　三輪車　傷員

死亡的臉　人影搖晃

沒有尖叫和槍聲

這是星期日大清早

在故宮筒子河邊

有人照樣吊嗓子

回聲拍擊紅牆

他字正腔圓

唱歪水中的角樓

鼓點讓歷史過場

向無聲的醫院推進
手術刀停止之處

青春正如古瓷碎裂
自由拆掉舊繃帶
心臟是發瘋的引擎
轟鳴變成低吟
遠征　沒有邊界

---

1. 官方媒體聲稱。

2. 作為德意志學術交流中心（DAAD）的訪問作家，我在西
　柏林住了四個月，從 1989 年 5 月到 9 月。

3. 1989 年 6 月 3 日美國有線新聞（CNN）在北京已被管制，
　只能把即時的新聞圖片掃描到香港。

第 四 章

西柏林與北京一牆之隔

子彈呼嘯而過　驚鳥

俯瞰那些吐火的玫瑰

京策爾街五十號¹四層

客廳的十二吋彩電

北京新聞　CNN仍在繼續

威士忌　痛飲生命之水²

花白鬍茬繼續生長

溪流在山脊磨亮新月

由一輛廣播車引路

禮拜日下午　葬禮隊伍

柏林人加入悲愴交響曲³

默哀正分開林蔭道

小提琴首席崩斷琴弦

而夏天沒有多遠

雨點　不規則的韻腳
生與死平行在詩中
寫作——那些夜鳥
正從畫框飛出來

顧彬[4]　疲倦地微笑
戴上憂鬱的面具
在克魯茲堡[5]一起朗誦
空間被回聲所創造
蠟燭　德文的午夜

一九八二年早春　頤和園
他用相機對準我
便衣正如我們的影子
而湖光讓人分心

柏林牆　地平線藝術節[6]
冷戰僅在想像以外
他獨自到機場接上我
做好麻辣豆腐湯
光的輪子在牆上轉動

悲劇可以替換角色
他把我帶進另一個夏天
我們越過行軍的樹林
公墓　格林兄弟在那裏

停頓　某本書的折角
從西柏林飛往西德途中
風敞開雲影的袖口
憤怒　先知們在播種
更多的加入黑名單

國家電視第二台
新聞時間　我接受訪談
紅燈跳綠燈　手勢
女譯者間斷的耳語
聽見空山的回聲

從電話線轉向北京
邵飛[7]說警察們闖進家
他們沒收護照簽證
一股煙味　像警犬搜尋

歧
路
行

玻璃煙缸的灰燼——
那封公開聯名信 [8]

三個月後　哥本哈根
我在市中心的旅館房間
撥到北京的長途電話
我四歲女兒的聲音——
爸爸　你怎麼不回家

<hr>

1. 從 1989 年 5 月到 9 月，我住在西柏林京策爾街
　（Güntzelstraße）50 號。

2. 蘇格蘭威士忌是從稱為生命之水的飲料發展而來的。

3. 柴可夫斯基的第六交響樂〈悲愴〉。

4. 顧彬（Wolfgang Kubin, 1945- ）德國漢學家、翻譯家和作
　家。

5. 克魯茲堡（Kreuzburg），西柏林的土耳其移民區。

6. 1985 年 6 月，我參加西柏林的地平線國際藝術節。這是我
　第一個外國城市。

7. 邵飛（1954- ），中國畫家。

8. 1989 年 2 月 16 日，由我發起的 33 名知識分子的聯名信。

第 五 章

屬於河流的兒女們眼神閃亮
原野　刺眼的陽光磨亮湖面
回憶與子彈共享這世紀
驛車滾動　直到掌燈時分
囚犯們在月光的同心圓跳舞
懸念的石頭堆積成群山
風暴突擊隊闖入城的記憶

擰緊玩具中生鏽的發條
舔過初戀的傷口　撒點兒鹽
讓兩隻蟋蟀在內心決鬥
果核　吐下誕生的秘密
在黑板上擦掉彗星的尾巴
貓眼追趕流水的節日
我在旋轉木馬沉思

風車　攪動多雲的天空
更多的人加入難民的路線

歧路行

那些不同顏色的語言
來自人類博物館的面具
炊煙在憂傷的黃昏中調色
牧師在燭火的陰影禱告
主用閃電在鞭打城市

噢舊世界的漫遊者
沿著地平線折疊成時間
森林　呼吸的思想
在陌生小鎮投進郵箱
死亡的陰影在路上飛行
完美的盤子　手藝
終於脫離事物的本質

醒來　在小旅館閣樓
窗簾翻飛　晴轉多雲
油畫的港口　沒有風帆
城堡下　人間的喧嘩
被光與旗所包圍
在本地的明信片後面
漢字是第一告密者

向北　通向孤獨的隘口
深夜的捲尺有多長
測量著可變的氣象圖
情人翻過陽台進入窗戶
桌上　水果正在成熟
加入失眠者的行列——
冬天閃耀的微笑

讓邏輯的手杖開花
禁止繞行麥田的季節
別帶上心事的行李
比衝浪的鎮紙更發狂
歷史如病人的自述
光的步伐在森林穿行
比思路更遠的地方

做夢　漿果在尖叫
告別鄉愁的盡頭是早晨
找到鑰匙孔的真理

第六章

夜的師傅忙於砌牆
盜火者正加速其心跳
穿過零進入無限
雲中侍者繞過教堂尖頂
所有新聞變成舊雪

奧斯陸[1]　克林肖大學城
和五個小伙子共用廚房
藍色眼睛是多麼無辜
他們偷走我的啤酒
偷走今天的好天氣
而心中熄滅了燈

盲目的夜也成了啞巴
蜷縮在客廳的玻璃窗外
邁平[2]和我一起吃晚飯
他因時差患失語症
關於復刊號[3]的爭論

像冰箱裏的一隻凍雞
復活？還想生蛋孵小雞[4]
沒提到火中的鳳凰
飛鳥掉下一顆罌粟籽

兄弟的影子握緊鑽石
而詞語在歲月逃亡
正是為失敗的意義突圍
無論死者還是新手
讓所有光芒收在書中

下午三點　太陽落下來
索爾維格之歌[5]引入港口
海水爬上一級級石階
第一樂句觸動了我
用食指平息波浪的聽眾

哈羅德[6]一家帶我滑雪
在挪威西部小別墅
雪停了　我的眼鏡變色
穿過喘息吁吁的森林
壁爐　風的搖籃曲

北極光激活夢的夜空

一位德國教授請客

自釀啤酒有股肥皂味兒

我和多多[7]一起昏睡

正如雜技的空中飛人

夢裏降落到北京

在學生宿舍看直播

我打開一瓶常溫啤酒

柏林牆　正翻過世紀

沒有慢動作的日子

不能倒退也不能快進

天外天　小丑缺席

一九九〇年元旦　奧斯陸機場

準備飛往斯德哥爾摩

杜博妮[8]、邁平和我喝咖啡

歲末留在咖啡杯底

雪中送別並作出決定[9]

我的拳頭延伸成大錘

在輾轉失眠的鐵砧

推搡的風暴加入鼓風機
星星引爆夜的火藥——

---

1. 我在奧斯陸大學任訪問學者（1989 年 9 月到 12 月），住在大學城 Kringsjå Studentby。

2. 陳邁平（1952- ），中國作家和翻譯家。

3. 我和陳邁平在奧斯陸期間經常討論《今天》復刊號的可能。

4. 陳邁平的原話（大意）。

5. 挪威作曲家格里格（1843-1907）。

6. 勃克曼（Harald Bøckman, 1945- ），挪威漢學家。

7. 多多（1951- ），中國詩人。

8. 杜博妮（Bonnie McDougall, 1941- ）澳大利亞漢學家和翻譯家。

9. 我們在奧斯陸機場作出《今天》復刊的決定。

第 七 章

趙一凡¹ 攤開手搖搖頭
黃皮書² 仍在流動中
額頭發亮　半個世紀過去了
影子是透明的　騎車
陽光與城市早已褪色

大工棚　師傅呼嚕聲起伏
調整小燈　作者已死去
在星空外向我招手——
早六點　高音喇叭
東方紅³ 淹沒建築工地

困惑　我點燃煙卷
沿著使館區的黑色格柵
在卷邊的書遊遍世界
呼吸的春雷比初戀更危險
男孩子們在沙盤推演

九一三事件 [4]　天黑著臉
七十年代沒有結論
滾石停在斜坡上──
大錘與小錘　時代鼓點
思想在鏡子無處躲藏

稻草人是眾鳥之神
煤油燈和心一起跳動
過節　紅辣椒與爆竹
衣背上汗鹹的世界地圖
鷹爪撕破悲涼的田野

在雙層窗簾的暗室中
被多餘的人所創造 [5]
我承認　死是其中一章
煙縷在底片過度曝光
搭建成臨時的背景

清明節 [6]　天安門廣場
紙花覆蓋　以節日的名義
謠言從另一早晨開始
我們一起歌唱父輩的夜

其實早就練習綵排

中央台播音員重播預告
嚴力⁷ 芒克⁸ 和我乾杯
臉部變形　對視笑了笑
有戲了　芒克悄悄說──
毛澤東逝世那天

他用大手翻翻手稿
這是北京最安全的地方⁹
而第六感官讓我不安
沿命中注定的路線返回
從他手中取走手稿

恐懼　禮花驀然綻放
探照燈在天花板旋轉
夜的馬達熄滅　等待天亮
青春是迷途中的囚徒
花盛開也是凋謝

那年冬天　他被釋放¹⁰
一滴滴水擊穿黑暗

互相辨認　無語　握手

我淚水涔涔

卻不是爲了個人的不幸[11]

---

1. 趙一凡（1935-1988），中國地下文學收藏家，自幼殘疾。

2. 內部讀物（1962-1966），即西方現代文學的經典系列，近
一百種。

3. 最著名的革命歌曲之一。

4. 1971年9月13日林彪一行乘飛機在外蒙古墜落而死。

5. 我的中篇小說《波動》於1974年11月在暗室完成初稿。

6. 在1976年清明節前後發生全國性的抗議運動。

7. 嚴力（1954-），中國詩人和畫家。

8. 芒克（1950-），中國詩人和畫家。

9. 趙一凡的原話。我把《波動》手稿交給他，兩天後我取回
手稿。他兩個月後入獄。

10. 趙一凡於1976年12月23日被釋放。他的雙腿不再能走動
了。

11. 引自俄國詩人涅克拉索夫（1821-1878）的詩句。

第 八 章

公元前四九七年至四八四年，孔子帶弟子周
遊列國十四年。公元前四九三年，他與弟子
失散，在鄭國郭城東門外獨自發呆。

你年近六十
夕陽下　白髮作筆鋒
歪斜的影子如敗筆
直指東方的故鄉
那些逆光奔跑的孩子
變成象形文字
並逐一練習發聲
破曉放飛一群鴿子
版圖不是為紀念戰爭
你回望炊煙與井

風追趕雲的日子
路牽引驚醒的天空
在山河棋盤上

你與內心的王對弈

閱盡掌中的機緣

一步一步探路

總是敗在自己手中

弟子們已散去

在旗桿上染成暮色

你是惟一的聽眾

吾十有五而志於學[1]

沿禮教的石階而上

你敲鼓擊磬把酒壯行

三十而立　四十而不惑[2]

坐而論道縱觀星辰

五十而知天命[3]

從《周易》踏上宦途

穿梭於錦衣華蓋

在空曠的殿堂

你舉杯邀八面來風

六十而耳順[4]

在一生的黃昏時分

你聽到晨光低語的密謀

歧
路
行

追隨世代的王侯
宮殿與黃金的燈下沉
回望那起伏的山峰
而你沉迷於音律
三月不知肉味 ⁵
史書派刺客跟蹤
用多重影子取代你

七十而從心所欲不逾矩 ⁶
始於足下也會改道
寺廟為了你敲鐘
推開空空四壁
杏壇是虛設的中心
帝王們繞開黃河
群山之首 ⁷ 卻毫無幽默
恰有人描述喪家狗 ⁸
你說得好　趕路前歇腳
城外有多少朝代

---

1. 引自《論語‧為政》。

2. 同上。

3. 同上。

4. 同上。

5. 同上。

6. 引自《論語‧述而》。

7. 泰山。

8. 孔子獨自在鄭國東郭門外。有人向子貢描述他相貌古怪，
   「累然如喪家之狗」。

第 九 章

冷戰剛剛結束　飛鳥腹中只有一個太陽　白
帆偏離了另一條時間的河流　所有的語言與
被奴役的秩序逆向而行　我身份可疑　流亡
是穿越虛無的沒有終點的旅行——我的一生

酗酒——穿過維也納中心的電車搖晃　在斯
德哥爾摩的住處喝光一瓶威士忌　我在鏡子
扮鬼臉　一位南非詩人一位法國詩人和我在
奧斯本的大街上高唱英特納雄納爾　調整步
伐一直踏上原始的黎明

月亮是我的母親　輕輕撫平那些秘密的紙
條　突然想到誕生的痛苦　正因為生活的殘
缺才變得完整　父親們的防線成為樹林　電
鋸聲因人類意志而尖叫　在墓地後面是閃閃
發亮的新城市

落日與二十世紀的輓歌　散落的編年史和

被划掉的黑名單　還沒形成的浪頭已經轉
世　戰後的旗幟不斷變成顏色　在地下生存
的意義汲水　從詞語的空隙吐出泡沫　收集
郵票收集思想的碎片　蝴蝶翻飛在被遺忘的
防線上

我是一九四七年的策蘭[1]　從布加勒斯特到維
也納穿越邊境　蛇頭帶著臭鼬的味道　從童
年辨認的北極星領路　除了詩稿沒有一紙身
份　在廢棄的火車站過夜　星光下彎著腰的
影子潛行　德語才是母語的敵人　是石頭開
花的時候了[2]

我夢見風暴　森林如發瘋的馬群捲走了
我　摟住雲中的枕頭　緊緊擁抱告別的親
人　浪頭拍擊破舊的木船左側　苔蘚讓石頭
蒙上眼　在語言的枝頭上棲息　戰爭或瘟疫
的棺材在飛行　田野的影子刨出土豆準備過
冬

尋找陌生的城市為了讓我重生　烏雲低頭聞
到煙葉的味道　大海在紙幣留下水印　美術

館的板牆上的天使匆匆飛過　廣場的青銅雕
像充滿敵意　時間就像遛狗那樣撒歡狂奔剎
住腳轉彎　在樹上蹭癢撒尿繼續向前　沒有
牽引繩

---

1. 保羅・策蘭（1920-1970）德語詩人。

2. 引自策蘭的詩〈卡羅那〉。

第 十 章

一九八九年八月上旬，陳邁平夫婦開車把我
捎上，早上從紐倫堡出發，傍晚抵達布拉格
市中心。

晚八點　一組組大小齒輪
緊緊咬合在一起
所有鐘樓正如冬天的心
伏爾塔瓦河解開藍絲絨包袱
理性組裝著國家的記憶
在霧中迷失的街燈走向我
兩個時鐘走得不一致
內心的那個時鐘發瘋似的 [1]

卡夫卡是寒鴉 [2]
比夜更黑的翅膀在滑行
寫給父親的信已發出
沿著老城廣場逆時針轉圈
櫥窗裏　玩具騎兵

取代皇帝或父親的王位
女歌手約瑟芬吹著口哨消失 ³
難道老鼠家族追隨風暴

一八八九年　我出生的房子
毀於大火　搬到片刻 ⁴ 居民樓
三個妹妹出生在這兒
她們在納粹集中營死去
那小行星為我命名 ⁵
羅馬人把基督釘在天空
導遊為遊客拉開故居的佈景
包括陳邁平夫婦和我

一九八九年　我們穿越大火
突圍撤退還是逃亡
內與外——東方的智慧
中國長城建造時 ⁶
權力來自漢字的密碼
石頭建造官僚體系
複製長城複製奧匈帝國
複製太陽城 ⁷

在主人公 K 與城堡 [8] 之間
向下也是向上的路
帝國與婚姻潛入夜的邏輯
人的孤獨加入狼的共性
墨水瓶中的預言升起
從帽子裏變成信仰
我在父親的背影下咯血
沉默戴上風暴的面具

《手槍評論》[9] 並沒有扳機
天鵝絨 [10] 的大幕徐徐落下
重重人影穿過時代的門框
四年後　《手槍評論》
邀請《今天》的朋友們 [11]
我們在地窖朗誦詩歌
——從午夜到破曉的鬥爭
消耗了青春的油燈

二〇〇〇年復活節前夕
在老城廣場集市兜售春天
零從空籃子裏變成彩蛋
桑塔格 [12] 和我一起共進晚餐

紙月亮在風中飄

半夜迷路　蘇珊轉向我：

沒人再想恢復舊制度

可要的就是這種空白嗎[13]

---

1. 引自卡夫卡的格言。

2. 卡夫卡捷克文 Kavka，原意是寒鴉。

3. 最後一篇短篇小說〈約瑟芬，女歌手和老鼠民族〉。

4. 名叫「片刻」（At the Minute）的樓房。

5. 1983 年發現的小行星 3412 以「卡夫卡」命名。

6. 短篇小說〈中國長城建造時〉。

7. 康帕內拉（1568-1639），意大利哲學家和作家，主要作品是《太陽城》。

8. 未完成的長篇小說〈城堡〉。

9. 《手槍評論》（Revolver Review）曾為布拉格的地下文學刊物。

10. 天鵝絨革命，指的是 1989 年 11 月捷克實現了非暴力的政權更迭。

11. 1993 年 5 月，《手槍評論》邀請《今天》的編輯和朋友們在布拉格一起開會。

12. 蘇珊‧桑塔格（1933-2004），美國作家和評論家。

13. 引自蘇珊‧桑塔格原話。

第 十 一 章

不如相忘於江湖
為了乾涸的源泉 [1]

奧斯陸　一九九〇年五月
《今天》永遠是此刻 [2]
十個人帶來十面風
十個名字在測量深淵
十個食指觸摸雷電
十個指紋公證的是風暴

狂風吹著詞的裂縫

克林肖學生城
我們為什麼聚在一起
腳步追時針追秒針
軍隊逆轉地球
為某個手勢阻攔風暴
為什麼聚在一起

從風暴眼中出發

盲人領著盲人
在事故和故事之間
在新大陸和舊地圖之間
文學的意義在哪兒
李陀[3] 用挪威刀比劃
刀尖戳在桌面上

直到另一個詞的邊界

遠征——為掙脫身影
問路——尋找家園
閱讀——在鏡中迷失方向
詩歌——為河流送葬
暴君——變成幽靈
歷史——時光即廢墟

為了擰住水龍頭歌唱

高行健[4] 的鏡片閃爍
顧左右而言他

那箭頭永遠指向流亡
隱身於詞的林莽
他留下劇本〈逃亡〉[5]
為復刊號做廣告

打開狼與狼的空間

挪威春天的陽光
照亮古老的小木屋
沿樓梯合影：九個人
迷上深淵的微笑
我們面對著死亡鏡頭
鏡框以外是記憶

鐘聲忽明忽暗

還有叫外號老木[6]的人
他側面低頭走神
聆聽暴風雨的迴響
從天安門廣場的舞台
他拐進巴黎街頭
成為追隨狗的流浪漢

在奧斯陸中心港灣

從棧橋通向無夢的深處

赤腳舔著甲板的鹽

我們一起喝啤酒

此地也是彼岸

低吟應和傷心的歌

---

1. 引自《莊子·大宗師》。

2. 在《今天》創刊號封面上注明英文 The Moment（此刻）。

3. 李陀（1939-），中國文學評論家。

4. 高行健（1940-），中國作家和戲劇家。

5. 劇本〈逃亡〉發表在《今天》復刊號。

6. 老木，原名劉建國（1963-2020），中國詩人。

第十二章

一九七八年北京之秋

命運女神用手語引領我們

無數拳頭擂動西單牆

擂動那苦難的無言之門

烏鴉和文字一起叫喊

回聲來自我們的心

我是混凝土工我是鐵匠[1]

我是地與火的兄弟

為了珊珊的靈魂悲泣[2]

我逆流向死而生

穿過新與舊的波浪的墳頭

狗的鼻子遇上政治

空談季節——為花朵開放

為洗刷無罪的天空

飛鳥吐掉瓜子皮——

種子在日夜的裂縫中生長

歷史終於給了我們機會 ³

在那棵老楊樹的蔭庇下
黃銳、芒克和我
半瓶二鍋頭半瓶暗夜
酒精照亮綠色膽汁
為暗夜掌燈共同擊掌
聽太陽穴的鼓手

拉開抽屜——死者活著
影子與影子在決鬥
拉開抽屜——手稿滿天飛
難以辨認他者的身份
當身穿便衣的無名時代
正窺視門後的鎖孔

沿著一九○一年的琴鍵　　追上
拉赫瑪尼諾夫的手指 ⁴
在鐘鼓樓附近的小窩棚
我們正圍著裸燈旋轉
黑膠唱片不斷重放
淹沒一九七八年的文學爭吵

直到太陽在大海中淬火
是的我們一無所有
共同啜飲《羅亭》[5]的淚水
——為了自由獻身

沿新街口外大街騎車
在流水中刻下的青春：
我們倆互取筆名
猴子搖身一變——
他是芒克　我是
被大海浸蝕的島 [6]

數數紅綠燈的眼睛
迎來發光的翅膀
幸運的是不幸中書寫
哦天空的讀者——
讓失去記憶的山脈流動
讓鳥路勾勒大地之歌

一張過時的北京地圖
在城鄉結合部某個盲點

冰下是細小骯髒的亮馬河 [7]

溫暖的大雪覆蓋此刻——

五個折疊的身影

從油印機翻過一夜

---

1. 我當過建築工人（1969-1980），包括六年混凝土工和五年
鐵匠。

2. 趙珊珊（1953-1976）是我妹妹，1976 年 7 月 27 日在湖北
襄陽附近救人犧牲，年僅 23 歲。

3. 《今天》創刊號發刊詞的第一句。

4. 拉赫瑪尼諾夫（1873-1943），俄國的作曲家，《第二鋼琴
協奏曲》創作於 1901 年。

5. 《羅亭》是俄國屠格涅夫的長篇小說。

6. 在創刊號前我們倆互取筆名。

7. 北京河名。

第 十 三 章

另一個男孩拼世界版圖
語言有另一種顏色
我與影子共飲另一酒杯
和情人一起在另一張床出海
寒流抵達另一港口
我手中放飛另一封信

奧斯陸　斯德哥爾摩
奧爾胡斯　哥本哈根
在北歐變幻莫測的天空下
為了尋找另一個太陽
品嘗糖或鹽或砒霜
大雪絮語是暴君的承諾

博魯姆[1]，我的法官
引領我——厄運的影子
在古老的詩歌地圖中
尋找快樂的稻草人

我倆緊緊擠進小電梯
下降　但沒有地獄

在哥本哈根的法國餐廳
侍者預約另一個日出
打開地下的陽光的紅酒
雪茄好像火車頭
右耳垂的金屬大耳環
夢中　霧中一閃一閃

是的我睡著了
在桌子或大陸的距離
失眠是永恆的另一向度
鏡中有鄉愁的主人
中文──流亡的北極光
公雞練習破曉

沿酒精的高度攀登
閃電通向樹根的祖先
讓木柴陳述貧困的火焰
見證的是毀滅的熱情
在白紙寫下第一行

大雪是罷工的精神領袖

奧爾胡斯是另一個故鄉

命運每天敲我的門

散步　在那棵樹後轉身

病人們等待太陽升起

在海邊留下一個個空椅子

一九九〇年八月四日

我在藍房子留宿過夜

托馬斯[2] 彈奏波羅的海

按著某個黑鍵但沒有聲響

貓頭鷹整夜號叫

遇見另一個夢遊人

新世紀加上另一個早晨

托馬斯帶我採蘑菇

下雨　他穿過森林領路

用軍用小刀剁蘑菇

有的連忙吐掉：有毒

1. 鮑爾‧博魯姆（1934-1996），丹麥作家、詩人和評論家。
2. 托馬斯‧特朗斯特羅默（1931-2015），瑞典詩人。

第十四章

蟬的北京　四面楚歌
那是舊夢的暴民
風沿著磨刀石的方向
垂柳順從朕的意志
沿中軸線貫穿四九城

從什剎海的後門橋出發
我追趕斷了線的風箏
哨鴿抖開整匹藍天
群山湧向瓦頂的排浪
讓後海淹死太陽
魚群吞噬水下的街燈

幽靈引領漕運的終點
鴉片館　漩渦之夜
一盞盞燈籠迎面而來
太監和丫鬟們漸漸消失
野貓沿著夜拾級而上

五更寒　鐘聲變成晨光
另一個朝代醒來

進入胡同迷宮的中心
我學會蛐蛐的口技
爭其王位　在百花深處[1]
蟋蟀王高歌一曲
我開牙而敗下陣來
在夢中的房頂上奔跑

從黑板上擦掉日子
粉筆末　老師頭髮變白
電鈴聲打斷夢遊人——
一排教室與火車頭掛鉤
新的一課是階級鬥爭[2]

冬夜——母親的棉被
沿針腳是我思路的虛線
沿著紙疊的雁群
起筆從左直到雲的南方
煙囪拐脖抵抗西北風
棉鞋的蟾蜍蹦跳

解凍的是綠色的信號

到節日焰火的對岸去
風卷紅旗的河流
影子在行動　追上山河
高舉父輩們的火把
追上雷與沉默的拳頭
如手掌天翻地覆

——隨時準備著
少先隊面向太陽宣誓
星星敲響軍鼓
我從口吃加入合唱
脊椎拔節般成長
我用橡皮任意地塗改
所有多餘的日子

空行——請等等
上個世紀如隔岸觀火
回放的是折疊時刻——
狂風正掙脫門框
閃電的鞭梢抽打鬃毛

軺下是奔流的土地
門牙嘶嘶吐出革命
我腎上腺素急升
戰歌加上抒情的翅膀
這是十七歲的戰爭
用耳朵吹響號角

---

1. 北京街名。

2. 1962 年毛澤東提出了「千萬不要忘記階級鬥爭」。

第十五章

一千兩百多年的流水
向東　長江一號遊輪
追隨杜甫　從重慶到奉節[1]
從後甲板推移群山
夜色低垂　白帆引領我
油燈引領飢餓的魚群

白帝城碼頭　一級級石階
登天　向懸崖承諾
杜甫一家終於落下腳
失眠　他投下我的身影
我傾聽他詩的心跳

夔門打開紙上激流
艄工如筆站立在浪頭
峽中丈夫絕輕死[2]
濁酒遇上多病之杯
晚風吹來杜甫的白髮

回頭望去　憶壯遊

七四四年初夏　洛陽
杜甫李白一見如故
入秋　高適 [3] 呼嘯而來
三人醉臥在天空下
暈眩的星雲進入音律
空酒壺　在群山上

君不見盛世山河改
——高峽出平湖 [4]
皇帝夢淹沒白帝城
請註明長江水位
我沿杜甫記住的小徑
在古城牆腳曬太陽

一陣陣狂風何處而來
杜甫一步步登高
在白帝廟高台望長江
七六七年重陽節
我喘息——他咳嗽
把狂風撕成山河碎片

蕭蕭　風急　悲秋　下
猿嘯　天高　渚清　鳥飛
回　多病　登台　潦倒
沙白　長江　濁酒　滾滾
來　繁霜　苦恨　百年
獨　新停　萬里　作客

那些詞被狂風召回
轉瞬間　頭顱吐出小草
他腳下踏出平仄路
我聽到他應和的回聲──
無邊落木蕭蕭下
不盡長江滾滾來 [5]

那溜進暮色的孤狼
喧嘩的瞬間匯成河流
波浪複製波浪
我追趕杜甫的背影──

七六八年正月出發
對岸的縴夫　號子聲聲

幽靈在夜色掌舵

沙鷗沿三峽進曠野

平衡於天地間 [6]

---

1. 杜甫在夔州居住了一年十個月（766-768）。

2. 杜甫的〈最能行〉。

3. 高適（702？-765）唐代詩人。

4. 引自毛澤東的〈水調歌頭‧游泳〉。

5. 杜甫〈登高〉，寫於767年重陽節。

6. 杜甫〈旅夜書懷〉。

第 十 六 章

塞納河才是流動的盛宴

向里爾克¹ 致敬──
在羅丹可塑的陰影中
借光向厄運學習
給城堡的女主人寫信
鐘舌在觸摸黃昏
邏各斯──他的一生
在上帝之死的路上

向茨維塔耶娃² 致敬──
追隨永遠的異鄉人
從心中放飛一對白鴿
新世紀　黃昏紀念冊³
愛是敵意的時差
追趕著死亡的心跳
風中耕犁　情人的閃電

向巴爾蒙特 [4] 致敬——

暴風雪捲走他的詩頁

在革命第二天早上

太陽歌手挑戰午夜暴君

他保持母語的尊嚴

吻別土地　因貧困而富有

留下白銀時代的手杖

向巴略霍 [5] 致敬——

安第斯山脈的搖籃

為花的暴動而鋃鐺入獄

盾與矛的對抗

自由是憤怒的兄弟

空酒杯斟滿西班牙的血

瘋狂的月亮穿越墓地

向策蘭致敬——

他吹滅漫天的星星

手藝人釋放詞的火花

品嘗母親的杏仁

燈光在不同的窗戶折射

讓鑰匙打開心的位置

米拉波橋刻下流水

向布萊頓巴赫[6]致敬——
他的書[7]釣我上鈎
我跟著他的影子逃跑
交叉重疊又分離
清晨　盧森堡公園
他光腳轉著圈小跑
為永恆的牆哭泣

向達爾維什[8]致敬——
來自巴勒斯坦的情人[9]
子彈追上鳥的隱喻
詩歌與坦克對話
故鄉是夢遊的驛站
他的手支撐命運
野花共享血腥的春天

向阿多尼斯[10]致敬——
他從赤貧的地平線
到中國南方的桂花香
永恆——火與火的深淵

詩歌是危險的橋

在父親的蘇菲血液中

他撕掉天上的封條

---

1. 里爾克（1875-1926），奧地利詩人。

2. 瑪琳娜‧伊萬諾夫娜‧茨維塔耶娃（1892-1941），俄羅斯女詩人。

3. 《黃昏紀念冊》是茨維塔耶娃第一本詩集。

4. 巴爾蒙特‧康斯坦丁‧德米特里耶維奇（1867-1942），俄羅斯詩人。

5. 塞薩爾‧巴略霍（1892-1938），秘魯詩人。

6. 布萊頓‧布萊頓巴赫（1939-），南非詩人作家和畫家。

7. 布萊頓巴赫的自傳體三部曲，包括《患白化症恐怖分子的真實自白》。

8. 馬哈姆德‧達爾維什（1941-2008），巴勒斯坦詩人。

9. 引自達爾維什的同題詩。

10. 阿多尼斯（1930-），敘利亞詩人。

第十七章

反抗流亡反抗土地的邀請
醒來——太陽的靶標
我的心是世界盡頭的鬧鐘
反抗命運反抗我的河床
加速旋風　從樹的意志
從無邊野草到重唱的山巒
反抗死亡反抗命運開關
切開蘋果切開時間的內核
記憶　從空巢到空巢
反抗知識反抗輕的塵土
月光的舞者消失在樹林中
旋風中　金錢叮噹響
反抗皇權反抗思想人質
影子隊伍追上權力的光源
麻雀腳印在白紙上

推開並隨手關上門
陌生人和我在這條路上

歧
路
行

沿著車轍走向他鄉

從翻騰的行雲汲取墨水

誰打開時間之書

愛情播下死亡的種子

當新月拉開滿弓

狂風彈撥無主的琴弦

內心是盲人的地圖

有人在夜留下刻度

鑰匙與鎖是敵對的同謀

秋天的　小提琴　嗚咽悠長

怠倦　而單調　刺傷我的心[1]

諾曼底——無名的沙灘

青春的血　翅膀與天空

那是最漫長的一天[2]

很多年過去了　音樂

留下樂譜中完美的形式

退潮　留下空白的意義

歷史的僕役隱退　繼續前進

追上一連串懷舊的日子

追上手挽手的浪花

追上一顆子彈離別的意義

追上歷史以外的足音

新雨在逆向車燈穿行

吹響號角　到天邊

樹冠如頭髮那樣變色

那是嘆息的國度

跟隨父親們的背影

水平線收進夜的折刀

琴弦斷了　曲終戛然而止

桌子才是真實的邊界

而工作斷斷續續

背後是隱秘的冬天

雲的思想成為一顆流星

照亮那大地的瞬間——

兵書落雪　漢字圍城

---

1. 引自法國詩人保羅・魏爾倫（Paul Verlaine, 1844-1896）的
　〈秋之歌〉。二戰期間，盟軍策劃諾曼底登陸行動前，用
　BBC 播送魏爾倫的詩〈秋之歌〉，向法國抵抗運動組織發
　出信息。

2. 1944 年 6 月 6 日在諾曼底登陸。

第 十 八 章

讓人類加入星雲般暈眩的時刻　我找到一份
檔案分類的臨時工作　敲打著接近複調音樂
的鍵盤　吞咽的是現實三明治[1]　追上一寸一
寸的真理——

生於一九二六年六月三日[2]　我和宇宙一起誕
生　在生鏽的排水溝格柵也是同一扇上帝的
天窗　父親的背影[3]像雨燕迅速消失在閃電中
校車的車燈穿越母親向左瘋狂的深淵[4]

老虎！老虎！你金碧輝煌，火似地照亮黑夜
的林莽[5]　小手風琴[6]和古老的肺那樣舒展
爵士樂淒厲的小號在風中穿行　記憶之刃犁
開惠特曼的田野

艾倫是我的攝影師傅　相機鏡頭是死亡的大
師　從夜的膠卷沖洗到鏡框的天空　他教我
在首爾市中心的路邊打坐　我問起轉世　一

隻在枝頭的烏鴉飛起

蓄著大鬍子裝扮成獅子引導叢林的意義　造
反加詩歌是不倦的火車頭　讓黑山派的呼吸
法召喚翻天覆地的暴風雨　在喇嘛教練習手
印與禪坐中冥想　毒蘑菇是欲仙欲死的微型
原子彈

我們內心都是美麗的金色向日葵，我們獲得
自己種子的祝福[7]　跨越母親的黎明的界河
在死亡之路打聽另一個季節　禿鷲盤旋在西
藏高原的金頂之上

艾倫死了　中國清明節的週年祭日　我穿過
時代廣場沿十四街拐到第三大道　從沸騰的
廣場到流動的小街　合上群山憤怒與大海呼
吸的書

---

1. 金斯堡詩集《現實三明治：歐洲（1957-1959）》。

2. 艾倫・金斯堡（1926-1997），美國詩人。

3. 路易斯・金斯堡（Louis Ginsberg, 1896-1976），艾倫的父親。

4. 娜奧米・金斯堡（Naomi Ginsberg, 1894-1956），艾倫的母親。

5. 威廉・布萊克（1757-1827），英國詩人。

6. 小手風琴 bandoneon，原用於演奏宗教音樂的德國的樂器。

7. 引自金斯堡的詩句。

第十九章

一九三六年夏　一陣槍聲 [1]
一群野鴿驚飛　掙脫大地
兩個鬥牛士一個教師和
洛爾迦　在格林納達山腳下
橄欖樹林旁——空彈殼
歷史在天空打字

一九九二年冬　一路開車
往南　我們奔向格林納達
深歌 [2] 追尋流浪的搖籃
弗拉明戈穿上火焰
按死亡的節奏擊掌而歌
阿爾罕布拉宮的回憶
沿著時光迴廊　循環流動
石柱後遇見洛爾迦

一九三三年春　西班牙
戴望舒　練習語法的小路

在市鎮廣場和小酒店
到處是歌謠與愛情 3
風暴的侍者鋪開地平線
掀起桌布　麵包屑——
跨邊界的中文飛翔

一九七一年　《洛爾迦詩鈔》4
一雙手傳遞另一雙手
呼吸轉向呼吸——屏息
字與字之間——腳下都是深淵
跑書　跑　書的地平線
自行車穿過胡同與字裏行間
車鈴搖響秘密的天空
頭髮染上洛爾迦的綠色

直到七十年代　洛爾迦
你屬於北京的地下沙龍
隱身煙霧　喝下月光
——群星中的無冕之王
你被捲入地下詩人的爭吵
警察嗅聞可疑的筆跡
為了女人打群架

——新月與落日的決鬥

二〇一一年五月　從奧爾維拉[5]
到馬德里　我在寄宿學院[6]朗誦
當大鋼琴浮出水面
洛爾迦的手指彈奏流水
大廳傾聽世紀的回聲
在勞拉[7]的基金會辦公室
我觸摸他的鉛筆手稿——
燃燒的影子在雪上滑行

今晚　燕保羅[8]約我相聚
穿過法國大使館官邸
在本地小餐館就坐
燭火搖曳　讓銀河放電
照亮馬德里保衛戰
國際縱隊也包括中國人
車輪四季閒置　市長的兒子
在流亡中誕生長大
並非為風暴中的祖先哭泣

1. 洛爾迦（1898-1936），西班牙詩人。

2. 洛爾迦的《深歌集》。

3. 引自施蟄存編選《洛爾迦詩鈔》的編者記。

4. 《洛爾迦詩鈔》，戴望舒譯，作家出版社，1956 年初版。

5. 奧爾維拉（Olvera），西班牙南部的小鎮。

6. 馬德里寄宿學院，洛爾迦和達利等人學習居住過的地方。

7. 勞拉（Laura Garcia-Lorca）是洛爾迦的姪女，洛爾迦基金
會主席。

8. 燕保羅（Paul Jean-Ortiz, 1957-2014），法國外交官。

第 二 十 章

生活是多麼緩慢

希望是多麼暴力 [1]

暴力在尋找新的河床

喚醒拳頭　擂動我的生活

登高的人粉刷藍天

鐘舌搖動　喚醒沉寂的心

巴黎我的第二故鄉

一九八九年初夏　巴黎

燕保羅和愛麗絲 [2] 的成員

黃雀行動的終點

保羅和呂敏 [3] 面對面

在午夜的國境線

移動那些星星的棋子

破曉——在停機坪著陸

迎來神秘的客人

法國難民　我炫耀的烙印

威尼斯街七號 [4]　我打開窗戶

時光倒流而寓言向前

所有屋瓦為暴風雨鼓掌

從圍城漢字到放射形廣場

記住了丁香的呼吸

我是高源 [5]　老子就是我

我和歷史開個玩笑

圍棋——山河就在我腳下

數數黑子和白子

黑夜永遠比白晝長 [6]

高源朝我連打了兩個噴嚏

從病毒到宇宙的邊界

夢回他鄉　照片上的刑場

夜落下永別的閘門

而成都口音是法文遠親

最新的中文報紙蓋住他的臉

夢見瘸腿的歷史走來

我是老木　沒人認識我

我拽長一根地平線

去羅馬我度過了一生
我不在乎國王還是流浪漢
向太陽牽著的狗致敬

往事從地鐵出口浮現
浪頭昂首　拍擊無形的礁石
我看到老木的背影
歲月呼嘯而縮小成句號——
在北京多雪的二月
一封公開信折疊成紙飛鏢
消失在陌生人的森林中

我是宋琳[7]　而鏡子是空的
背後是一條河的家族史
洞簫吹起　天在詩以外
狂風在我的脊椎試音

斜坡確認我們詩的位置
在某個街角的咖啡館
鑄造頭顱　水銀流動的手
觸摸薊與彼岸的話題
夜在杯底　打開一把把傘

對峙的意義　我說

我們沿著塞納河邊散步

---

1. 引自阿波利奈爾的〈米拉波橋〉。

2. 愛麗絲（ALICE），聯絡流亡中國知識分子協會。

3. 呂敏（Marianne Bujard），瑞士漢學家。她是愛麗絲協會的主要負責人，燕保羅多年的女友。

4. 我曾住在蓬皮杜中心的工作室，總共一年零三個月（1999-2000）。

5. 高源（1950-），中國攝影家，他從 1990 年起在巴黎流亡。

6. 高源的自白。

7. 宋琳（1959-），中國詩人。

第 二 十 一 章

我是零號病人

從小瓶子放出的幽靈

戴上花冠　我君臨天下

所有權力跪在地上

被訓誡的鏡子關閉門窗

道路繞開封城的法令

而追逐心跳的鐘錶停擺——

自由失去自由

時間告別時間

我是零號病人

在上帝命名萬物以前

誰指揮地貌變遷的交響樂

響箭　多餘的日子

穿過野史和砍伐的森林

紅狐尾巴在帝國的廢墟跳躍

我是零——吹響口哨

我為陌生人親吻

姓名獲得石頭的重量

我是零號病人
李文亮[1]醫生發現了我
在電腦屏幕互相辨認
生與死　晝與夜　漩渦
從水下吐出一串串泡沫
李醫生戴氧氣罩──
真相比平反更重要[2]
沿走廊盡頭　我貼近你
在黎明前吹滅油燈

我是零號病人
陰影是太陽的領路人
失憶的廣場　邏輯的小巷
沒有門　也沒有鑰匙
所有記憶的釘子
正加固人類的苦難
很多年　潛伏在冰河時代
時間與戰馬呼嘯而過
我終於倖存下來

我是零號病人

在數字星空與大海之間

在活火山與凍原之間

在恐龍與外星人之間

在語言之路與鐵柵欄之間

我被自由所包圍

以國家的名義判處極刑

被科學家們追殺

我無罪——萬物瘋狂生長

我是零號病人

被放逐而逆流而上

不投河——我沒有祖國

腳下是轉世的深淵

書　為練習飛翔

而謊言的太陽照樣升起

我的傷口閉上眼睛

在動物啜飲的瓦罐中

溢出母愛的睡眠

戰
略
行

---

1. 李文亮（1985-2020），眼科醫生。

2. 引自李文亮醫生接受《財經》記者的採訪（2020 年 1 月 30
   日）。

第 二 十 二 章

繼續向前　生活被刪節

口罩　影子在呼吸　而飛鳥

進入公共事件　敞開光芒

空城與冥想　號角呼喚

落日　命與運短路　導火索——

被打發的口信呼嘯　讓語言

打開牢籠　讓多情的種子

在姻緣的縫隙開花　病毒

屬於開拓的黑暗國度

希臘如夢　歷史以外是

大海——墨水在天空書寫

諸神冬眠　向沉默的島嶼撒網

伯羅奔尼撒　盲詩人荷馬[1]

馬蹄踏歌　為道路命名

古劇場　在舞台中心歌唱

天空盤旋　烏鴉觀眾一起消失

花吐出種子——正午思想

加繆 [2] 合上日記是墓碑

地中海的天堂——馬略卡島

蕭邦和喬治·桑 為了過冬

陽光醫生 從肺結核查到夜

修道院的狗向世紀狂吠

正如兩個輕騎兵 在鍵盤跳躍

紙上足跡 跨越誓言的橋

在光的柵欄突圍 拉響汽笛

乘小火車出發 從帕爾馬 [3]

到索列爾港 [4] 燈塔不再守望大海

馬拉喀什 [5] 王國的迷宮

權力隱身於露天市場 野蠻人 [6]

等待上帝 男孩子們叫喊

——Corona, China

屠宰場與皮革業 向黎明祈禱

井吞吐太陽 小巷織成網

賊追新月 駱駝牽著遠山

漂泊故我在 為了尋找

路標——糾正偏離的歷程

洛杉磯的狼群追趕音樂

從新大陸第二章[7]到北京童謠

帶條紋的老虎穿過火環

回到二〇二〇年春天

施耐德[8]——九十歲生日

我們通電話　山谷幽深

森林裏留下野兔的足印

光織成山河　火餵養黑夜

他和鹿一起攀登　在群峰之上——

戴維斯　心如困獸

我在畫畫　從此刻到天涯

在雲中行走　汲水

廚房面對田野　陽光桌布

刀叉閃電　與往事乾杯

一輛救護車穿過起伏的麥浪

突然敲門　庚子驟然轉身

用真相佔領夢的空間

醒來　仍在隔離中

1. 荷馬，希臘盲詩人。

2. 加繆（1913-1960），法國作家。

3. 帕爾馬（Palma），馬略卡島的首府。

4. 索列爾港（Port de Soller），馬略卡島的遊覽勝地。

5. 馬拉喀什（Marrankech），摩洛哥南部的古城。

6. 柏柏爾人（barbari），是閃含語系的一支，拉丁文指野蠻
   人。

7. 德沃夏克（1841-1904），捷克作曲家。代表作是第九交響
   樂〈新大陸〉。

8. 蓋瑞・施耐德（1930-），美國詩人。

第二十三章

洋蔥剝皮　胡椒和現實被粉碎

火雞放進烤箱　定時加溫

一九九四年十一月二十四日　感恩節

離開舊金山¹　穿過子午線

北京首都機場　我跟上歲月排隊

邊檢小窗　戴軍帽的月亮

鄉愁——插頭接上電源

而互聯網鎖住了我的名字

我的秘密花園　沒收詩的種子

秘密的客人們終於來了

逼著我說出我的名字

是我　被激怒祖先的鏈條

和山巒　拒絕回答所有的質問

錄像機和錄音機對準我

筆錄供詞　一張飢餓的白紙

夜幕拉開我的獨幕劇

我洗碗筷　板牆後是草地

太陽像死囚等待死刑

張上校²　生鏽的笑容
齒輪咬緊　為攀登他的一生
而嘴角露出人性的瞬間
我是劇中主角　裸燈
與漩渦的夜周旋　我夢遊——
讓存在的時間吐絲
自縛的繭比宇宙更可靠
我的名字引領另一個名字
舞台轉動　我追趕著我

獨白：在漢字中越獄
人影投向天幕　重重疊疊
我正在默讀心跳
在敵意的語義邊界上
鄉音追趕異鄉人
趴在桌上　渦輪發動機
帶著我半睡半醒的飛行
蟑螂　地下情報員
沿牆角傳遞上級的信息

歧路行

094

黎明轟鳴　從跑道起飛

按武警戰士的早餐標準——

白粥饅頭鹹菜煮雞蛋

兩個隱身人　輪流照顧我

其中有個詩歌愛好者

詩句與宦途　指向同一終點

北京時間上午九點五分

國王與馬正式宣讀——

我被中國立即驅除出境

一輛大轎車駛進停機坪

武警戰士們下車　為我開道

穿黑皮夾克　為失敗而戰

張上校陪同　前往飛機艙門

從候機廳的機位俯拍[3]

明天一片空白　影子正撤退

地平線為冬天序曲排練

坐好艙位　張上校緊緊握手

流動的水銀在艙窗跳躍

1. 1994 年 11 月 24 日，我從舊金山經東京抵達北京首都機場。

2. 張上校當時是北京首都機場的邊檢負責人。

3. 穆曉澄曾是北京電影學院攝影系的老師。他從候機廳目擊
   這一場面，由高級軍官陪同，三四十個武警戰士簇擁着我。

第二十四章

坦克與荊棘　圍城拉姆安拉[1]
夜的履帶輾壓火的中心
打開古老的地圖　約旦河以西
一縷春風吹開死者的花朵
穿行橄欖樹　翻越牆
掠過那隻公雞豎立的羽毛
追趕小毛驢　辨認雷區
在石井的水槽暢飲

打開新世紀第二頁[2]
耶路撒冷　諸神在廟山[3]
落腳　喘口氣　起飛
衣袖空空　朝聖者記住信條
以神或人民的名義
鐘擺　來自內置的原動力
為見證苦難　蒙上眼
數數瓦罐中的流星

而坦克一寸寸推進

市中心的劇場 ⁴　暴風眼

一束追光迎向達爾維什

詞語被照亮　在水上刻痕

監視器　不斷放大細節

一秒秒跳動──心臟的位置

坦克逼近母語的防線

阿拉法特 ⁵ 永遠戴方格頭巾

從鬥士到總統──笑的面具

背向懸崖　倦於內心刺客

水蓮在總統辦公室沉睡

革命終於追上它的陰影

三天後坦克攻打官邸

達爾維什對我說　關於自由

詩人與政客的步伐不同

薩拉馬戈 ⁶ 一語驚人

盲目 ⁷　摸索暴君的日子

收割沒有播種的光芒

火山在隱喻中釋放

星星合唱團　推著病床

小溪在課本上一閃而過

屋頂在塵世中漂流

風箏　牽著看不見的手

加沙走廊　炊煙比餓更絕望

沿土路拐彎　歲月悸動

地中海噴吐千萬匹馬的氣息

火柴擦過一生　天空

墜下來　苦難插滿碎玻璃

和記憶綁在一起　硝煙兄弟

逆流追上同源的種族

為諸神乾這杯苦酒

噢達爾維什　你引導我

敲開午夜之門　我的領路人

白色絲巾　呼吸中的母語

而書頁閃動著光芒

從誕生到囚禁　詩歌在生長

為情人品嘗時間之鹽

當暴風雨試圖吹過針眼

他用心臟[8]握緊拳頭

1. 拉姆安拉（Ramallah），巴勒斯坦的臨時首都。

2. 2002 年春天，作為國際作家議會代表團，我們專程去圍城
   的拉姆安拉和加沙走廊。

3. 廟山（Tample Mount）位於耶路撒冷，三大宗教的聖地、

4. 阿爾 - 卡薩巴（Al-Kasaba）劇場。

5. 亞西爾・阿拉法特（1929-2004），巴勒斯坦政治家軍事家，
   巴勒斯坦前總統。

6. 薩拉馬戈（1922-2010），葡萄牙作家。

7. 薩馬拉戈的長篇小說《盲目》。

8. 2008 年 8 月 9 日，達爾維什在美國休斯敦醫院因心臟手術
   失敗去世。

第二十五章

阿連德¹總統在獨立廳

用自動步槍對準自己下頜

結束生命——大海翻轉過來

天空傾斜　星雲湧動

北京燕山某建築工地

我攥住小報²　為智利而哭

正午時分　草帽與太陽相稱

鐵鍬　帶汗鹹的工作服

中國苦力　深挖時間的陰影

弓起脊背馱運群山

全世界無產者聯合起來——

二十四歲呵我的熱血

向南半球逆行奔走呼喊

午夜吞噬太陽　屍體

推向初生的波浪　地平線——

柔情之刃　為了守望一生

一九七三年九月十一日上午
聶魯達病重　正聽新聞廣播
──這是法西斯主義 ³
墨西哥總統派專機接聶魯達
他要死在自己的土地上

十月的天空　我來到智利
幽靈在石碑重逢　點亮熄滅的燈
子彈與歲月　二十五萬人流亡
遠行的鑰匙找不到回家的鎖
詞的蜂群　被過度闡釋的人螫傷
當初少年是一張白紙
鉛筆雨線　新月的犁直到邊界

戒嚴　急救車呼嘯而過
在聖地亞哥的街道
士兵們持槍兩次攔截搜查
聶魯達　滿臉流淚
太平洋拍擊著船長 ⁴ 的棺材

建築工地的大工棚
通鋪第二層　遮暗的燈光下

歧路行

102

我讀聶魯達的詩　寫筆記

兇手早已消失　鐘聲

滾動的是天空還是大海

愛情與革命　正如火的描述

熱烈耀眼而轉瞬即逝

愛情——最多會組成家庭

革命——和大眾和權力有關

往往變成暴力與專制

一九七二年二月　尼克松

和周恩來在北京機場握手

用報紙捲煙　跟師傅借火

無端的疾風從哪兒來

大街上女人的領口露出顏色

袖口綠了　柳樹舒展懶腰

苦難碾壓過來　淹沒尖叫

綠色美元在印鈔機運轉

尼克松和基辛格從幕後轉身

我們的手沒有露出來 [5]

森林的箭簇射向黎明

發條撐緊的心臟驟然停止

祖國　死者想抽支煙

從天空剪出小鳥　召喚我

最後一夜　和詩人們相聚

紅酒照亮命運的時刻

四位智利詩人　三個坐過牢

含著淚的何塞對我說

你面前是牆　但必須穿過去

那是我們世界的倒影[6]

---

1. 薩爾瓦多・阿連德（1908-1973），智利醫生、政治家和總統。

2. 《參考消息》。

3. 引用聶魯達的原文。

4. 聶魯達的詩集《船長之歌》。多年後，他終於安葬在黑島別墅的海邊上。

5. 自 1999 年起公開大量的解密文件，包括尼克松和基辛格的電話錄音。

6. 引自智利國際詩歌節組織者的原話。

第 二 十 六 章

停屍房　勞富林[1] 辨認迪蘭[2]的屍體
半文盲的姑娘確定身份——寫過詩
瘋狂的迪蘭　鴿群帶動教堂旋轉

在海邊聽見黑色元音的鳥群[3]

金沙在沙漏中——時代的恐懼
無窮動的股票波浪　追上沉船殘月
塗鴉和岩畫沒人簽名　繼續攀登
從藝術家生涯到自由落體
曼哈頓管樂隊為哈德遜河送葬

我打開雨傘　為了生存倒退

有人宿醉　用恨吹開牽牛花
默片慢動作　逆歷史方向而行
在死亡線擱淺　書籍聳立

穿過語言的隧道　沒有出口

艾略特 [4]　我的同齡兄弟
不同的搖籃　陌生的海洋
我們在龜島不期而遇
他書中的狂風　讓我四處漂泊
影子傾斜　追趕神話的正午

趕上永別前最後的一站

正午搭乘長島火車 [5]
翻開《紐約時報》　上下顛倒
被另一種語言遮蔽世界
我夢見北京動物園的獅子
頭一堂課　英文是劊子手的斧頭
冷颼颼　中文腦袋居然還在

在石溪與楊振寧 [6] 相遇

一對一輔導課　盲人領著明眼人
詩歌製造　在流水線盡頭——
臥室的鏡子　打開語言保險櫃

遛狗　可別忘了帶上自己

日子紛飛　中國作家討論會[7]
艾略特主持　帕斯[8]夫婦在聽眾中
我們和帕斯夫婦一起吃晚飯
燭火　三種語言的走馬燈
天安門　冷戰　美洲政治與文學
關於聶魯達　帕斯搖搖頭
僭越了政治與道德的準則[9]

我追趕一個人，他跌倒
又爬起來，看見我說，沒人。[10]

中國獨立電影節[11]開幕式
薩格斯管潛入夜　吐露溪流
用詞垂釣　引來想像外的彗星
觀眾進入比光更大的空間
大雪落下　虛無的重量
在林肯中心的池塘打水漂
而尊嚴比失敗的事業更偉大

拳頭突然釋放隱喻

政
路
行

兩個赤裸的姑娘 [12] 穿過銀幕
向鄰居的演員借衣服　潛入地下
時代與暗流──氣象員永遠年輕
他們是風　描述風的形狀

你用不著氣象員告知風往哪兒吹 [13]

旗幟的顏色變幻　向暮色致敬
夜騎燈光過河　警車拐角呼嘯而過
杯子碎了　水的形狀依然存在

逃亡　我繞過每一個祖國

邁克 [14] 像鳥閉上眼　為了讓天空消失
擁抱雨擁抱切分音的時光
而他母親的大鐘被繼父賣掉
紐約人　紐約卻一無所有

寫作是為了抹去一行行的詩句

1. 勞富林（James Laughlin, 1914-1997），新方向出版社創始人。

2. 迪蘭・托馬斯（1914-1953），威爾士詩人。

3. 引自迪蘭・托馬斯的詩〈特別當十月的風〉。

4. 艾略特・溫伯格（1949- ），美國作家和翻譯家。

5. 2000 年春我在紐約州立大學石溪分校教詩歌創作課。

6. 楊振寧（1922- ），物理學家。我們在石溪分校相識。

7. 1989 年 10 月，在紐約舉辦流亡的中國作家討論會，美國筆會中心主辦。

8. 帕斯（1914-1998），墨西哥詩人。

9. 帕斯在訪談中，批評聶魯達的斯大林主義。

10. 引自帕斯的詩〈街〉。

11. 中國獨立電影節（2007 年 5 月 12-15 日），主辦單位是哥倫比亞大學、林肯中心和《今天》雜誌等。

12. 1970 年 3 月 6 日在曼哈頓西村，「氣象員地下組織」（Weatherman Underground）的三個成員自製炸彈，當場炸死。

13. 鮑勃・迪倫（1934- ），美國歌手和詩人，引自他的〈風中飄〉。

14. 邁克・默奇（1946- ），美國詩人。

第 二 十 七 章

楚瓦什男孩拎著煤油燈

黑夜鏟除白雪——莫斯科

明信片：背後是風暴

與帕斯捷爾納克[1]為鄰

艾基[2]被高爾基文學院開除

沒有身份證　影子代表自己

在火車站過夜　扳道工

火車頭偏離的方向——

鹿特丹[3]的天空讓我分神

黃銅舵輪與旋轉木馬

艾基成了悲喜劇的主角[4]

宋琳[5]在紙上複製一條小河

記憶的錨露出中文水面

抽煙的張棗[6]手舞足蹈

每個穿盔甲的詞

正如棋路　在暴君的手中[7]

夏天抓住它尾巴　哥本哈根
樹影　光的葉子飄飛
我們倆在作家學校講課
法官博魯姆穿針引線
只有一種舊感覺的
白銀——當自由的溫暖與肩上[8]
我和艾基夫婦乾杯
沉默放大星空的音量

柏林之春　顧城[9]夫婦家
戴高筒帽做飯　他談論死亡
魚的快樂　盤子　盤子
為我領路　從三層到底樓
敲開艾基夫婦[10]的門
詞與詞坐在一起　顧城是
空格　用冬天的手勢
貼近靈魂的雪花

教堂林立　鐘聲激烈爭論
柏洛伊特詩歌節[11]　頭髮
如灰燼的火焰　他用熊抱

緊摟住白樺樹和我
我們正追趕世界的盡頭
在歲月變成石雕以前
閉幕式　他在朗讀〈雪〉
椅子，雪，睫毛，燈。[12]

他參加我的詩歌創作課
窗與世界　轉向上游
追上楚瓦什語的發音
風吹著生者與死者的排簫
在俄語的詩歌韻律中
調音師　夢也是危險的
而漢字集權於天下
舞龍　鱗片閃閃發光

他給生死線的朋友寫信
穿過遺忘穿過田野
旋風成歌　寂寞的火花
為了展示地平線的時間
太陽熨平母親河的
褶皺　樹根暢飲光芒
那等待砍伐的森林

有斧子的憂鬱 [13]

---

1. 帕斯捷爾納克（1890-1960），俄國詩人。

2. 艾基（1934-2006），楚瓦什詩人。

3. 每年六月舉辦鹿特丹國際詩歌節。

4. 艾基是 1992 年鹿特丹詩歌節的特別嘉賓。每位國際詩人參加翻譯工作坊，把艾基的詩譯成各種語言。

5. 宋琳參加了翻譯工作坊。

6. 張棗（1962-2010），中國詩人。

7. 張棗與艾基的訪談，發表在 1992 年第 3 期《今天》。

8. 引自艾基的詩〈臨近森林〉。

9. 顧城（1956-1993），中國詩人。

10. 作為訪問作家，1993 年顧城和艾基在同一棟居民樓。

11. 我每年（1999-2006）七周在柏洛伊特學院（Beloit College）教書。2003 年秋天，我和同事一起籌辦詩歌節。

12. 引自艾基的詩〈雪〉。

13. 引自我的詩〈致敬——給 G. 艾基〉。

第二十八章

童謠的北京　我回來了 [1]

城門城門幾丈高 [2]

光與魔術是城的變奏

死亡裁縫用夜剪裁山河

誰高舉我名字的牌子——

首都機場　便衣們向我致敬

據點 [3] 　鷹在鳥巢孵恐龍蛋

客廳的針孔鏡頭對準我

集中思想　隔壁是音樂學院 [4]

音階繼續攀升　亮出

管弦樂隊的大鑔　向日葵

帝國中軸線　黃曆　鳥

看見我行走的童年

踮著雙腳移動　嚴文井 [5]

打開威士忌　燈光紡著暮色

我緊緊摟住樹神的牛漢 [6]

觸摸蔡其矯[7]手中的火花
病房解凍　馮亦代[8]露出光腳
在歧路的盡頭喚醒我

在最後的門檻轉身——
謊言與真實編織的河流
字眼的鉚釘加固船底
房檐翹起　停泊在天涯外
咳嗽追逐烏鴉　而風鈴乍起
傾聽父親——背影

公雞不再相信黎明——
餐廳　無電梯無殘疾通道
輪椅上的魏斐德[9]被抬起來
一個個菜從風景撤走
歷史在告別的橋下分流

醒來　影子追趕我
我追趕早已發出的書信
書信追趕意外的白馬
白馬追趕繩索中的厄運
厄運追趕所有鐘錶

鐘錶追趕回歸的路程

午夜　黃銳[10] 在門外送客
我正對準北斗七星
想想有多少朝代興衰
老頭練太極拳　準備升天
鄉愁　步話機頻道

月亮護士照顧所有病人
沿著改道的護城河
後海品嘗味精的孤獨
吊車正組裝夜的部件
群鴉變成黑色的雪
我被匿名　獵人也沒有名字

忠實於冬天的情人
更換二十四節氣的衣裳
時間在玻璃杯口傾斜
我從秘密約會的拐角歸來
從門走廊直到陽台——

　童謠的北京　我回來了

十三年——世紀裂縫

而母語讓我更陌生

兔子的季節　追趕綠皮火車

午夜溢出黎明的河

大地的婚床　喇叭嗚咽

---

1. 2001 年 12 月 2 日我回到闊別 13 年的北京。

2. 引自北京童謠。

3. 某秘密住所。

4. 中國音樂學院的舊址是前海西街 17 號。

5. 嚴文井（1915-2005），中國作家。

6. 牛漢（1923-2013），中國詩人。

7. 蔡其矯（1918-2006），中國詩人和翻譯家。

8. 馮亦代（1913-2005），中國翻譯家。

9. 魏斐德（1937-2006），美國歷史學家。

10. 黃銳（1952- ），中國藝術家。

第 二 十 九 章

靈魂出竅——車禍[1]
八十號公路爬上二〇〇五年夏天
從戴維斯到薩克拉門托[2]
流星剎車　請回放——
失重　夜的洗衣機在旋轉
小號吐出一串串泡沫

天邊　救護車呼嘯而來
找到眼鏡——顛倒的地平線
樂隊指揮篡改總譜
我向遠方的親人招手——

沿著時間軸打開私人空間
二〇〇二年晚秋在五十號公路染色
從柏洛伊特到戴維斯
肩上群山移動　展現夜的
秩序　星群在思路偏離

加油站——罐裝風暴

進入沙漠　我乞求愛的荒涼

地圖捲起扎了根的小鎮

從後視鏡回望落日

腹地　火光追逐印第安人

風在雕塑地貌與人類

黑戰士河[3] 進入青銅的黎明

二十號公路迎向二〇〇五年新春

林中老宅　教授夫婦的骨灰

放在前花園的石壇下

數數四個房間　從不同窗戶

月亮對準失眠的客人

沒被王者的石頭擊中

南方口音糾正我的英文

我帶上雨傘散步　烈犬咆哮

欄杆守衛南方的太陽

狩獵詩歌課　我蹲在英文牢籠

為保持安全的距離

艾略特發現第五個房間——

語言的內部　我閉上眼
閃電擊中樹根　水滴穿石
韻律是有形的慾望
你叫喊　時代沒有回聲

九十四號公路抵達二〇〇六年寒冬
從芝加哥機場到南彎 [4]
哥特式建築群在白紙上
站立　我排隊等教授的位置
穿越體制半透明的牆

我的靈魂倒退一九九四年夏天
正在學開車　集中精力
從安娜堡 [5] 到底特律機場
準備飛翔　夢中的跑道
加速　海鷗迎來　密西根湖
在絕望的漏斗傾斜

來自世界末日的推銷員
敲門　我在失業中寫作
推動那些貓的日子

烏鴉在市中心的樹上開會

夏天行進在八十號公路
從一一三號公路轉拉索大道[6]
華燈濕潤　這是我的家──
歷史以外的避難所
陪我的女兒長大成人

---

1. 2005 年夏，我出了車禍。

2. 薩克拉門托（Sacramento），加州首府。

3. 印第安語。自 2005 年 1 月至 5 月，我在阿拉巴馬大學塔斯卡盧薩分校英語系教詩歌創作課。

4. 2005 年至 2007 年，我在聖母大學教春季課。

5. 1994 年早春至 1995 年夏，我曾任密西根大學駐地作家。

6. Russell Blvd 是戴維斯的主要街道之一。

第 三 十 章

冬夜　內華達山脈　深林
蓋瑞提馬燈　取木柴
火是心跳　他坐進空谷中
土狼們追著長長的信

反精神污染運動 [1] 追著我
一九八四年晚秋　他與艾倫
和我在竹園賓館秘密見面
哨音鑽透夢的天藍
房瓦鋪蓋著虛構的夜

伐木工　水手　守林員
你是靜坐中盤旋的思想
棲居在京都相國寺 [2]——
風鈴與蟋蟀互相應和

他請我上一堂詩歌課 [3]
野外　學生玩語言遊戲

帕幽塔[4]的陽光讓我分心
印第安人逐水而居
帶鱗的日子穿網而過

夥計　爲你打抱不平[5]
有人把我排擠到系統以外
我和印第安人都沒有家
流浪　在美國流浪

小母牛死了　男孩[6]很傷心
走到教堂　牧師搖搖頭——
小母牛不能上天堂
他再也不信基督教了
佛教即眾生平等

內華達城外　我們迷了路
尋找顛倒地圖的星星
他領路　穿過房間與森林
細雨　織著早春的布

日式禪堂　靈魂的住所
他在香案盤坐　焚香合十

歧
路
行

擊磬　搖鈴　敲龜殼
色即是空　空即是色 [7]
收盡土地山谷森林和鳥

斧柄是動詞的延伸
年輪自述可疑的歲月
他劈開木柴　過冬
千隻紙鶴越過愛的群山

越過太平洋　我領路
從香港島到詩歌節 [8] 碼頭
他在甲板打坐　我睡著了
大海直立　眾生浮雕——
人類病態的幻象

媽祖廟　香火繚繞
他用簡單手勢代替語言
推開一扇扇悲喜之門
無性 [9] 　在呼與吸之間

三人行 [10] 　虛線也是歸途
在白鴿巢公園山坡上

124

圍坐石桌旁而論天下

夜暮垂落　棋盤反轉

禪與山河對弈——

我掀開那夜幕一角

他喊一聲,起身,站定

而向激流和山巒

舉起雙手,高呼三次![11]

---

1. 我是反精神污染運動(1983-1984)的批判對象之一。

2. 施耐德曾在日本住了十二年(1956-1968),在京都相國寺削髮為僧三年。

3. 施耐德多年在加州大學戴維斯分校(UCD)教詩歌創作課。

4. Putah Creek, 戴維斯的小溪。

5. 引自施耐德的話。

6. 施耐德講到他童年的故事。

7. 引自《摩訶般若波羅蜜多心經》。

8. 2009 年 11 月下旬舉辦首屆香港國際詩歌之夜。

9. 施耐德的詩集《無性》。

10.施耐德、溫伯格和我談論詩歌的源流及背景。後收入談話錄《越界三人行》。

11.引自施耐德的詩〈與群山相會〉。

第 三 十 一 章

太陽在躍動　白洋淀——
風吹蘆葦　船搖過天空
一九八二年初夏　安達壯一[1]
宿醉　我們沒有槳
新婚後　他和炊煙一起
從北京胡同伸懶腰

東京　《今天》二十週年[2]
從結局到出發的路上
語言的暴君抓狂
日本詩人們為漢詩遠行
讓觀眾像潮水般退去
裸露的是錨的記憶

金閣寺在黃皮書閃現
那僧徒放了一把火——
三島由紀夫[3]領悟瞬間的美
用刀鋒劈開水的憂愁

櫻花散落在托盤上

彈球機讓我熱血沸騰
閃光雷鳴　向命運學徒
我組裝的零件被控制
而鋼珠滾進漏斗中

中日連詩[4]——千年之海
首尾銜接　排浪與排浪
我遠望富士山發呆
心臟病與廣島原子彈
中年危機　我無處可逃
向八面風鞠躬——

歲月洗白是永駿[5]的頭髮
我日本的影子在遊蕩
福田的車轍被喚醒——
童年　瘦小的身影在飲水
中學讀魯迅的《野草》
翻過語言柵欄的危險

京都之靜　寺廟之小

星星的骰子在夜空滾動
野鹿追隨我的女兒
光的經文　聾的花朵
那前世的太陽在溫泉中

我的影子繼續流浪
伊豆沒有舞女[6] 雨更大
撐開音律的油布傘
隧道盡頭　光蝴蝶迎來

東京大轟炸廢墟
一棵小樹在妄想中生長
扎根　一代代的警報
正沿著地鐵滾梯向上
迎向星球博物館

為什麼建自己的詩碑[7]
淋透的心情　我穿雨靴
泥濘小路直到世界盡頭
缺席比爭辯更持久──
詩的靈魂暫住石頭中

我去看望谷川俊太郎 [8]

在他出生的老宅

鉛筆的桅桿　白紙的風暴

二十億光年的孤獨 [9]

茶杯　水　渦流　火星文

---

1. 安達壯一（1950-），曾任 SONY 中國公司高管。

2. 1998 年 12 月初，在東京舉辦《今天》二十週年紀念活動。

3. 三島由紀夫（1925-1970），日本作家。《金閣寺》是他的代表作。

4. 2000 年 11 月在靜岡市舉辦第二屆國際連詩活動，主題是千年之海。

5. 是永駿（1943-），學者、詩人和翻譯家。

6. 《伊豆的舞女》是川端康成（1899-1972）的代表作。

7. 2016 年 11 月 19 日在日本鴨川市建成我的詩碑。

8. 谷川俊太郎（1931-），日本詩人。

9. 他的第一本詩集《二十億光年的孤獨》（1952）的同題詩。

第 三 十 二 章

兩個東方文明的對話 [1]——
喜馬拉雅　冰海堆積成高峰
亞洲農耕文明的版圖
新德里　印度國際中心 [2]
中印作家就長桌而坐

艾倫 [3] 陪我們穿過寡婦村 [4]
太陽停擺　苦難的刻度
沙麗纏裹女性的一生
花的肌理　從綻放到凋謝
猴子從艾倫背後偷走
眼鏡　在廟頂靜觀——

沒有玻璃的小旅館
展開午夜的透明的肺
蚊子和我們一起去旅行
婚禮的歌聲從遠到近
露出黎明的馬腳

瓦拉納西[5]　恒河的落日
火把成龍　波浪的動與靜
寺廟正向我們漂移
赤腳戴花環　我和馬格利斯[6]
有人帶路　他向眾神捐款
抹掉滿臉汗水　轉向我

恒河　閃電與土地的氣息
祈禱　洗澡　舞蹈　火葬
內心的油燈照亮我的皮膚
難道眾神先於種姓制度
閃光的種子撒向夜空

鹿野苑[7]　菩提樹在哪兒
我迷戀於死的恐懼
玄奘正穿行移動的邊界
經幡飛揚　佛經到中國
寺廟們撐住老百姓的風雨
數數日子的念珠──

中印作家對話在繼續

蒼蠅在時間上打滑
午餐　一隻大烏鴉俯衝
搶走歐陽江河[8]的美食
轉向主題與變奏

埃洛拉石窟第十六窟[9]
多少代人日夜鑿穿巨石
建築師看到紙上風景
我像盲人　觸摸門廊盡頭
工匠雕刻我的眼睛——

藍色之城[10]　從城堡俯瞰
深井是國王的孤獨
近水口渴　金酒杯是
緘默　我和女兒騎駱駝
沙漠才是時間的廣告
日與影　怎麼描述風

吉普賽人[11]　自由的祖先
種姓制度中不可接觸的人
我們品嘗大麻餅乾
追趕帳篷追趕風的家鄉

歧
路
行

蒼蠅在時間上打滑
午餐　一隻大烏鴉俯衝
搶走歐陽江河[8]的美食
轉向主題與變奏

埃洛拉石窟第十六窟[9]
多少代人日夜鑿穿巨石
建築師看到紙上風景
我像盲人　觸摸門廊盡頭
工匠雕刻我的眼睛——

藍色之城[10]　從城堡俯瞰
深井是國王的孤獨
近水口渴　金酒杯是
緘默　我和女兒騎駱駝
沙漠才是時間的廣告
日與影　怎麼描述風

吉普賽人[11]　自由的祖先
種姓制度中不可接觸的人
我們品嘗大麻餅乾
追趕帳篷追趕風的家鄉

132

第四輪中印作家對話[12]

香港　暴風雨前夜的寧靜

準備好不同的風球

飛鳥轉向桂花香的時刻

西湖　我們和泰戈爾[13]合影

---

1. 由《今天》雜誌和印度 *Almost Island* 文學網刊共同主辦中印作家對話系列。引自南迪（Ashis Nandy, 1937- ，印度思想家）的開場白。

2. 2009 年 2 月，在新德里印度國際中心舉辦首次中印作家對話。

3. 艾倫‧希利（1951- ），印度作家。

4. 寡婦村（Vrindavan）。丈夫去世後，寡婦不許再嫁，在小村裏直到終老。

5. 瓦拉納西（Varanasi），印度教聖地。

6. 馬格利斯（1939- ），意大利作家。

7. 鹿野苑（Sarnath），在瓦拉納西附近。這是佛祖釋迦牟尼在這裏首次講經的地方。

8. 歐陽江河（1956- ），中國詩人。

9. 埃洛拉石窟（Ellora Caves），位於印度中部。第十六窟用一百多年把一塊巨石鑿成寺廟。

10. 焦特布爾（Jodhpur）是印度西部拉賈斯坦邦第二城市，附近是塔爾沙漠。

11. 吉普賽人源自印度拉賈斯坦邦的土著民族。

12. 2018 年 10 月，中印作家第四輪對話分別在香港和杭州舉辦。

13. 泰戈爾（1861-1941），印度詩人。

第三十三章

就像桿秤的棧橋突然傾斜　遊船四散　喧囂
的鳥群　太陽的高音喇叭被放大　林蔭道
跟上死神的步調　招來另一個世界的出租
車　緊急出口的火的標誌　戴大口罩的白色
天使像雲朵飄動　沿走廊直到世界秩序的終
點　你叫什麼名字　被半透明的章魚綁架[1]
──

漫長的一夜　托起語言石頭的重量　醒來是
天花板的溜冰場　模仿日子的兩個小丑互相
追趕　鄉音躺在遠方的乾草垛上　馬群突破
死亡的圍欄　我用手機給助教發短信──亂
碼　咿咿呀呀　我重新開始學中文　女兒在
教我看圖識字　穿過不同班級之間通用的病
句

語言障礙專家的判斷是對的　我真的甘願
送披薩　緊跟著踏上音階的狂人　陽光一

閃 —— 我停止寫作　拉鍊的小路露出夜的脊
背　等待記憶主人的鞭打　鬥雞眼的皇帝在
山河長卷盡頭蓋上玉璽

星雲般墨點在宣紙上 —— 與宇宙相稱　畫畫
讓我狂喜　墨點聚散依附錯落流動　森林在
語言邊界之外　禍兮福之所倚福兮禍之所
伏[2]　我是沒有靶標的自由　傾聽雪花的低
語　守望日與夜渦旋中的神秘河流

從香港到南寧跨過病的國境　我被祖先們的
手號脈　包括南陽的張仲景[3]　經方者　本
草石之寒溫　量疾病之淺深[4]　我側臥成山
脈　追趕平原的燈火馬蹄　針與灸相輔相
成　九顆星球在道的魔術師的手中轉動　辯
證才是病的真理

回頭是岸　永不停止的浪花正如輓歌　用
經絡充電　向黃昏的祖父和月亮的盈虧學
習 —— 我和死神對弈　黎明從火車站出
發　滿載語言的緩衝器嘎嘎作響　陽氣從山
谷中悄悄升起　遺忘的森林勒住了風

群山和海浪　進入夢中危險的歷程　地下的
樹根在爭論　多汁的石榴爆炸　毒蘑菇指責
讚美的天空　大師用琴弦撥動亂世　壞念頭
的蒼蠅在頭上盤旋　我打坐

---

1. 2012 年 4 月 8 日中午，和甘琦、兒子在香港烏溪沙海灘準
   備划船，我中風了。

2. 引自《道德經》第 58 章。

3. 張仲景，東漢末年的醫學家，著有《傷寒雜病論》。

4. 引自《漢書・藝文志》。

第三十四章

關於香港　我一無所知
帶上地下之書去旅行 [1]
飛機降落 [2]　珊瑚礁閃爍
陌生人找燈的坐標
天際線的敘事推向性高潮
青蛙在內臟中跳躍

渡船　過渡中的過渡 [3]
沒有聽眾　詩人們互相傾聽
我和商禽 [4] 一起吃夜宵
在水蒸氣的玻璃上畫小人
呼吸的午夜在腳下

從北加州小鎮搬到香港 [5]
用右手緊緊抓住左手
當厄運騎著幸運兒的馬
算命先生　從羅盤指向未來
幼兒園大門被塗成彩虹

137

首屆香港國際詩歌之夜
在革命和宗教之間
詩歌是另一種聲音 [6]
發酒瘋的颱風失去靈魂
叮叮車　憂傷的軌道
上環棺材店　太陽砸門

六四晚會是新的黑名單
而活著的都是守夜人
燭火呼應　正是缺席的意義
死亡的棋路沒有規則
無路可逃　被獵殺的字眼

警笛沸點　火光　剪影
如水　大街小巷　洪流　壩
防毒面具　旗幟呼喊　兄弟
爬山　花流血　時代的斜坡

喂　手機屏幕的笑臉
暴風雨穿上官方的制服
只可惜你戴起了口罩

聽不清楚是不是你在說話[7]
九聲調的粵語不再陌生
哼著黃昏的無言歌

網——人類是魚的祖先
正進入大數據的生活[8]
手被牽動　心在右舵
自由不過是驗證我的名字
當病毒和數字王國為鄰

野獸們悄悄進入城市
用水泥鑄造成金幣
奴隸們扛著歷史的樓梯
螺旋的邏輯可進可退
戰爭與瘟疫　大海
是生鏽水龍頭的眼淚

香港不是我旅程的終點
在語言流變的激流中
審查官用筆勾掉新的現實
我被香港收留　填海蓋樓
前往天堂的火車站

窗口面對海灣的全景

大歷史升級到單人牢房

夢中的鳥飛過　短暫而永久

我是你　歧路的陌生人

等待收割光芒的季節

送信　明天卻沒有地址

---

1. 《波動》由香港中文大學出版社出版（1985）。

2. 啟德機場。

3. 1997 年 1 月參加第一屆香港國際詩歌節，主題是「過渡中的過渡」。

4. 商禽（1930-2010），台灣詩人。

5. 自 2007 年秋應聘教書，從美國移居香港。

6. 2009 年 11 月舉辦首屆香港國際詩歌之夜。主題引自帕斯的文章〈另一種聲音〉。

7. 也斯（1949-2013），香港作家。引自〈城市風景〉一詩。

8. 〈太陽城札記〉寫於 1973 年。最後一小節「生活：網」。

後 記

後
記

已近歲末，這裏卻像春天那樣，陽光燦爛。自二○一
○年夏天動筆，終於完稿，算起來前後共十一年，應
該是對自己的承諾。說到中風的難關，因語言障礙寫
作不得不擱置，我開始畫畫打發時間。三年後繼續寫
作，磕磕絆絆，就像生鏽的鐘擺那樣搖晃，找到內在
的動力。

天有不測風雲，疫情改變了人類的歷程，隔離成為全
球的常態。我困在香港，幾乎足不出戶。可謂不幸中
的萬幸，正好把主要精力投入在寫作中。

記得二十多年前，我和李陀在柏克萊的碼頭散步。那
天早上霧大，霧鐘響起。我說霧鐘這個詞好，可借用
詩題。李陀點點頭說，你應該寫長詩，與歷史感有關。

二○○七年夏從美國搬到香港，多年的流亡生活總算
比較穩定了。回頭望去，尤其自一九八九年以來，寫
過零星散文，但並沒有總體的設想，於是想到是時候

141

寫長詩了。

在疫情突發後，我意識到時間的緊迫，包括生命與精力，還有創造與才能，隨時都有可能會中斷或衰退，按佛教所說的「無常」。

特別說明的是，為了統一風格及形式，在修改全詩的過程中，尤其是前十章，改動較大，有幾章甚至重寫。而大部分篇章在《今天》雜誌發表過，可作為參考。感謝親朋好友陪我度過難關，感謝金絲燕、陳力川、田原等「理想讀者」幫我調音，特別感謝林道群，以及聯經出版公司，在艱難的時刻出版這本書。

北島
二〇二二年四月

當代名家
歧路行

2023年1月初版 　　　　　　　　　　　　　　　　定價：新臺幣580元
有著作權・翻印必究
Printed in Taiwan.

著　　　者	北		島
封面畫作	北		島
校　　　對	吳	浩	宇
整體設計	李	偉	涵

出　版　者	聯經出版事業股份有限公司	副總編輯	陳	逸	華
地　　　址	新北市汐止區大同路一段369號1樓	總編輯	涂	豐	恩
叢書編輯電話	(02)86925588轉5319	總經理	陳	芝	宇
台北聯經書房	台北市新生南路三段94號	社　長	羅	國	俊
電　　　話	(02)23620308	發行人	林	載	爵
台中辦事處	(04)22312023				
台中電子信箱	e-mail：linking2@ms42.hinet.net				
印　刷　者	世和印製企業有限公司				
總　經　銷	聯合發行股份有限公司				
發　行　所	新北市新店區寶橋路235巷6弄6號2樓				
電　　　話	(02)29178022				

行政院新聞局出版事業登記證局版臺業字第0130號

聯經網址：www.linkingbooks.com.tw
電子信箱：linking@udngroup.com

國家圖書館出版品預行編目資料

歧路行/北島著 . 初版 . 新北市 . 聯經 . 2023年
1月 . 144面 . 14.8×21公分（當代名家）
ISBN 978-957-08-6696-4（精裝）

851.487   111021241